Simon et la ville de carton

Gilles Tibo

Livres Toundra

Je m'appelle Simon et j'aime les boîtes de carton.

Quand je trouve une grosse boîte,
J'en fais une maison.

Je cherche des boîtes pour abriter les animaux.
Je fais des maisons pour mes amis.

Mais ils ne veulent pas y rester.

Je construis des gratte-ciel pour les oiseaux.
Ils les regardent, puis ils s'envolent.

Je vais à la rivière sur mon cheval de carton.

J'installe des maisons pour les poissons.

Ils y plongent...
Et en ressortent aussitôt.

Je bâtis la plus grande ville au monde.

Mais personne ne vient la voir.

Je demande au Robot:
— Pourquoi les animaux ne viennent-ils pas dans ma ville?

— Peut-être qu'ils ne savent pas où elle est, me répond-il.

Marlène m'aide à construire un train.

Nous traversons les champs et entrons dans la forêt.

Nous invitons les animaux à venir voir la ville.

Mais ils ont peur et s'en vont.

Je vais à la grotte demander au Polichinelle:
— Pourquoi les animaux ne vivent-ils pas dans mes maisons?

— On ne met pas les animaux en boîte, me dit-il. Ça ne se fait pas. Essaie de trouver autre chose à faire avec tes boîtes.

J'ai suivi son conseil.

À Sarah

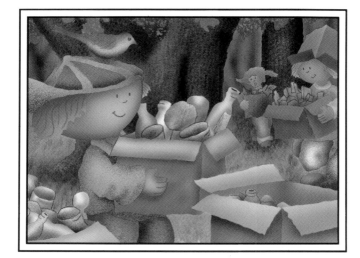

© 1992, Gilles Tibo

Publié au Canada par Livres Toundra, Montréal, Québec H3Z 2N2, et aux
États-Unis par Tundra Books of Northern New York, Plattsburgh, N.Y. 12901

Données de catalogage avant publication (Canada)
Tibo, Gilles, 1951-
     Simon et la ville de carton

ISBN 0-88776-290-5

[Publié aussi en anglais sous le titre: *Simon and his boxes.* ISBN 0-88776-287-5]
     I. Titre.

PS8589.I26S46 1992   jC843'.54   C92-090175-1   PZ23.T52Si 1992

Pour la compilation et l'édition du présent volume, Livres Toundra a puisé des fonds dans la subvention globale que le Gouvernement du
Québec lui a accordée pour l'année 1992.

Imprimé à Hong Kong par South China Printing Co. Ltd.